KB089910

길을 신고 길이 간다

길을 신고 길이 간다

글쓴이 / 김지향
펴낸이 / 孫貞順
펴낸곳 / 모아드림

1판 1쇄 / 2009년 10월 15일

서울 서대문구 북아현3동 1-1278
전화 / 365-8111~2
팩시밀리 / 365-8110
E-mail / morebook@morebook.co.kr
http://www.morebook.co.kr
등록번호 / 제2-2264호(1996.10.24)

* 잘못된 책은 구입하신 서점에서 바꾸어 드립니다.
* 지은이와의 협의하에 인지를 붙이지 않습니다.

값 7,000원

모아드림 기획시선 121

길을 신고 길이 간다

김지향 시집

모아드림

과학문명 속에서

21번째 시집을 낼 때 책머리 〈시인의 말〉에서 나는 과학문명은 급속도로 앞을 향해 달려가고 있는데 우리의 의식은 따라가지 못하고 있다는 말을 한 적이 있다. 그로부터 9년의 중반이 흐른 오늘은 어떤가. 과학문명 쪽에선 우주를 다녀온 우주인이 탄생했다. 바야흐로 유비쿼터스시대의 서막도 열렸다. 자동화시대로 인해 인간의 삶이 한층 편리해졌다.

하지만 대다수의 서민 대중의 의식이나 정서문제는 다르다고 해도 좋을 것이다. 오히려 자연으로 돌아가고 싶어 하지 않은가. 주거지도 복잡한 도심을 벗어나 깨끗한 공기의 자연을 찾아 나오지 않은가. 나 자신도 마찬가지다. 변두리 쪽으로 잠깐 옮겨왔지만 나는 과학문명을 구가하는 편이다. 특히 우주과학에 대해서는 남다른 관심이 있다. 어렸을 때부터 우주인을 꿈꾸며 오늘에 왔

으니 마침내 우주인의 탄생을 보며 가슴이 뛰지 않았겠는가. 꿈만 같은 우주시대가 바로 눈앞에 전개된 셈이다.

하지만 내가 우주를 동경하는 이유는 단순히 우주의 생김새나 우주에서 세상을 감상하고 싶은 차원이 아니다. 우주를 창조하신 이의 보좌에 대한 동경심이 깊이 내재되어 있다고 해야 옳을 것이다. 내가 그 분의 보좌가 없는 지상의 어떤 것에도 별 호기심이 없다고 하면 과언일까. 때문에 내 시의 화자가 가는 길은 대부분 하늘을 향하고 있다고 해도 좋을 것이다. 하지만 시는 과학적인 언어로 씌어 지진 않는다. 시적 정서는 과학과는 별개의 문제이기 때문이다. 과학어(일상어)는 시어로 전이되지 않으면 시가 되지 않는다는 사실은 상식에 속한다.

비현실적인 꿈속에서 나는 또 한권의 시집을 낸다. 25번째 창작시집이 되는 셈이다. 평가는 독자에게 맡긴다. 시집출판이 어려운 때에 선뜻 출판을 맡아주신 '모아드림'의 손정순 대표를 비롯해서 편집부 여러분께 심심한 감사의 마음을 드린다.

2009년 가을 행신동에서
佑堂 김 지 향

차 례

시인의 말

제1부

제2부

제3부

제4부

1부

유비쿼터스 · 1

― 자동 지우개

하늘에 지우개가 지나간다
먼지가 닦인다
지우개가 지나간다 하늘에
거울이 절벽처럼 걸린다 거울 속엔
끈 달린 새빨간 홍시가 토닥토닥 불꽃놀이 한다
지우개가 지나간다 불꽃 속에
자전거를 탄 아이 하나 손가락만한 휴대폰으로
반짝 스치는 총알처럼 불꽃을 쏜다
하늘 가득 마띠스의 물감통이 엎질러진다

아이의 휴대폰엔 지우개만 찍혀있다

유비쿼터스 · 2
― 자동 길

입들이 길의 입에 손을 넣어 스위치를 끌어당긴다
길의 두루마리가 책장처럼 좌악, 펴인다
소리들이 깔린다
소리들을 올라탄 한 두름의 입. 입들을 싣고
길의 지느러미가 출렁이는 공기를 헤엄쳐나간다

(이젠 길 스스로가 세상을 떠메고 간다)

입들은 길이 구불텅, 고개를 넘을 때마다
와~와~ 와~ 길게 소리를 흘리며
아파트 머리 위에 펼쳐진 책 밖의 책을 읽는다
몇 줄의 기러기가 구불구불 써 놓은 가을 편지도
입을 모아 힘껏 읽으며 하늘에 이마를 넣으려
발돋움 한다

길이 출렁거리는 공기에 얹힐 때 마다 입들은
꺼내보지 못한 소리도 모두 꺼내어

대롱거리는 꿈을 크게 크게 읽는다

너무 많은 소리를 먹어 숨을 몰아쉬는 길에 올라 탄
입들의 복통 앓는 욕망을 산꼭대기에선
공기의 입이 먹어버린다
세상 한 바퀴 돌아 다시 또 자동 집으로 내려와서는
잠시 소리들을 게워놓고 지느러미를 품속에
접어 넣는 길

자동 길도 길을 넘어 다른 세상으로는 가지 않는지
내 휴대폰 안으로 들어와 내 손에 들려 있네

머리 위엔 또 한 개 새하얀 길이 하늘 속에 가만히
꼬리를 넣고 누워 있지만

애니메이션 · 2
― 움직이는 TV

벽에서 티뷔가 걸어 나온다
액자에 담긴 유기질의 파도소리가
액자를 박차고 허공에 쏟아 부어진다

허공에서 물고기 헤엄치는 소리가
지상으로 길을 낸다 허공을 메운 소리들이
땅에서 하늘로 조롱박 같은 티뷔를 만든다

가장 높이 뜬 티뷔 집에서 소리 한 소쿠리씩
깍깍 짖어대며 머리를 부딪치며 뛰어가고 뛰어온다
소리는 동동 공기로 줄타기하며 온 하늘에
티뷔를 걸어놓는다
머리를 부딪칠 때마다 몸 한 채씩 만들어지는
소리 집, 까치 떼를 키운다

아이들은 크게 연 입으로 까치 떼가 부려놓은 소리에
입을 댄다 입 속으로 국수처럼 소리가 빨려 들어간다

소리를 마신 아이들이 티뷔가 되어 쑥쑥 자란다
티뷔 전체에 말이 헤엄친다 기어간다 달리기한다

말이 내 머리 속에서 사람들을 만들며
자꾸 스물거린다 한 두릅의 사람들이
불쑥불쑥 밖으로 튀어 나간다 온몸이 소리인 티뷔
깔깔깔 웃음을 쏟아 붓는 소리를 익혀 사방에
나무들이 울긋불긋 열매들을 내놓는다

카메라처럼 서버를

세상 껍질을 깎는다
나이 많아 뭉툭해진 칼자루가 빠진다
갱 속처럼 어둔 담장을 넘는다
자동 길들이 사방으로 튕겨간다
길 위에 얹힌 얼굴 감춘 사람들의
몸 속 깊이 묻힌 욕망을 헤적여본다
뭉툭한 칼자루가 또 빠진다
깊은 어둠을 검색할 땐 바람꽃처럼 떨어지는
칼자루의 서버, 마우스를 패대기쳤다 다시
집어든다 길 껍질이 벗겨지고 놀라 뛰는
사람 몸이 두서없이 도망치며 숨는다

달맞이꽃, 해바라기꽃, 후레지아꽃, 별, 달,
인조등이 뒤섞여 빙글빙글 도킹하는 어울림
한가운데 카메라처럼 서버를 댄다
총천연색 스펙터클 한 장이 찰칵, 넘어간다

직립으로 웅크린 굴곡 많은 세상
온몸으로 적어나가다 손가락 마디마다
닳아 망가진 마우스, 아무리 두들겨도 뭉툭한 자루뿐
무작정 휘둘러도 자루 빠진 내 뭉툭한 칼로는
욕망을 잉태한 임부처럼 배만 나온 세상의 몸
꽁꽁 끌어 잠근 자물통이 한 눈금도 깎이지 않네. 왜?

하늘에 말 걸기

잠시 소나기 그치고 번쩍이는 번개만 달리고 있다

겁 많은 사람들은 단단히 걸어 잠근 마음문의 열쇠를 찾는다

나는 번개가 인화된 창문의 그림자 앞에 마음 문을 연다

다급히 마음에 신발을 신긴다 갈 곳을 찾다 번개가 불 꽃을 꽂는

전깃줄에 내 눈만 꽂는다 전깃줄이 불자동차 소리를 내며 목 놓아 울어댄다

빳빳이 신경을 세우고 있는 플라타너스 가지가 땅에 이마를 찧는다

놀라 뛰는 플라타너스 눈은 어디에 흘렸는지 몸만 사정없이 흔든다

나도 눈을 하늘의 불자동차에 넣어두고 이마는 창문 밑에 패대기친다

하늘이 빨갛게 불이 났는데 다시 또 내리기 시작한 소나기는

하늘 불을 끄지도 못한다 하늘은 눈 하나로 세상 전체
를 밝히 본다

나는 내 귀에도 들리지 않는 소리로 이제 그만! 하고
거푸 소리 질러본다

내 소리는 말이 되지 않는다 말이 되지 않는 말이 몇
만 리를 걸어야

하늘마음에 닿을까 (태초의 적요 속에서 처음 태동한
하늘마음)

그 마음을 하늘은 끝도 없이 땅으로 보냈지만 하늘의
마음을 알지 못한

사람들이 다급하게 오늘에서야 하늘에 말을 걸어본다

대답 없는 하늘에서 내려온 불자동차 소리

하늘 말을 듣지도 못하는 사람들은

소리가 인화된 창문에 엎어져 눈을 감싸고

한밤 내 부들부들 떨기만 한다

묵상을 끝낸 하늘

하늘은 그때 빛 오라기를 흘려버렸다
몸 전체가 무색이 되었다
어디서 돌멩이 한 톨 퐁, 묵상하는
하늘배꼽에 구멍을 내고 나뒹굴었다
몇 개비 바람이, 몇 줄기 비가,
절뚝절뚝 건너가다 움직임이 없는
하늘배꼽에 입술을 찧으며 쓰러졌다

무색 속에 들앉아 눈을 접어 넣었던 하늘이
오늘 문득 흘려버린 빛을 찾아 입고
하,하,하, 만발한 웃음꽃을 퍼 올린다
입을 찧은 돌멩이, 바람, 비는 생기를 얻어
팔딱 팔딱 몸을 일으킨다

세상의 혈관이 다시 돌아간다
시간은 바람을 넘어서 비를 이고 뛰어간다
다시 반짝일 푸르른 말들을 쏟아놓으며 간다

사람들은 세상 어귀마다 새파란 나무로 선다
시간도 팔팔한 생기로 나무에 초록잎을 매달며
옆에서 숲이 될 때를 기다려준다
하, 하, 하, 웃으며 묵상을 끝낸 하늘처럼

눈물이 진화되면

그때 바람은 눈물을 글썽이고 있었다

바람이 눈물을 게울 때마다 접은 우리 눈 속으로
눈물꾸러미가 줄줄이 내려갔다 눈 속 빈 자리는
옹달샘이 되었다 눈물이 만든 밑 없는 옹달샘
옹달샘에 발 빠뜨린 두레박 하나
밑 없는 밑으로 깊이 내려갔다

두레박에 얹힌 다성잡종의 바람이
각기 종류별의 눈물을 흘리며
부러진 토막말의 온몸에 빈 마음을 담아
거푸 펌프질을 해댔다
문득 펌프질은 멈추고 눈물은 억센 삭풍으로 진화되어
푸른 팔뚝을 휘두르고 있었다

반쯤 서녘으로 기운 나는 그때
그 바람의 눈물 속에 들앉은

다성잡종의 의미를 그 의미가 진화된 삭풍임을
이제서야 깜빡깜빡 읽어 가느라 몇 안 남은 시간을
연줄처럼 길게 길게 늘여보는 중이다

아이들과 디카폰

에스컬레이트가 하늘로 갑니다
아이들은 손가락만한 디카폰 하나씩 들고
자꾸 자꾸 하늘과 땅을 베낍니다

에스컬레이트가 보다 높이
땅 위에서 고공으로 뜹니다
아이들은 와~와~와~ 소리를 바람에 휘날리며
바람, 강, 나무, 아파트, 자동차, 사람, 코스모스
마구잡이로 저장합니다

문득 에스컬레이트가 하늘을 버리고
땅에 배를 깔고 드러눕습니다
하루가 푸짐한 아이들은 디카폰 가득 채운
풍경을 들여다 봅니다

새까만 잠자리 눈알 두개만 반짝 뜨고 있습니다

끝이 없는 끝으로

산은 구름 뒤로 넘어가고
하늘은 노을 뒤로 넘어가고
바람은 세상 뒤로 넘어가고
지구는 상처 뒤로 넘어가고

자기의 속성을 지우느라
땀 흘리는 세상 바닥에 누워
줄자 같은 길들을 거머쥐고
땅은 끝을 향해 가고 또 가고

땅 끝에서 하늘로 뛰어오른 그 여자
끝이 없는 끝을 향해
터진 풍선처럼 닿을 듯 닿을 듯
점이 되어 가고 또 가고

비 사이로 찾아가는

어제와 내일 사이엔
얼어붙은 비가 빽빽하게 들어서 있다
공간을 붙들고 서 있는 비 사이로
바스러진 시간들을 홈질해 본다
듬성듬성 기워진 시간들이
흘러가는 스크린을 올라탄다
스크린 앞머리에 칩을 꽂아본다

타박머리 아이들이 냇가에서 물장구를 친다
윗마을 운동장에선 덜 핀 해바라기들이
재기차기를 한다
풍금소리가 들고 있는 아랫마을 예배당에선
날개옷 속에서 장다리꽃들이 손을 모으고 있다
마을을 가로지르는 들녘에선 출렁이는 풍선꼬리를 따라
빽빽한 다리의 개나리들이 달리기를 한다

비를 걷어내면 환히 떠오르는 눈 시린 풍경들
너머 풀려있는 스크린 끝 짬에 칩을 꽂아본다
수직으로 얼어붙은 비를 부수고 힘차게 치솟는
비행접시 한 채씩 연이어 열리고 있는 내일 안에
까까머리들을 태우고 짙푸른 우주 속으로 잠적해간다

어제와 내일은 멀고 먼 끝과 끝이지만
실 티 같은 시간의 칩이 촘촘히 이어준다

낚싯밥, 별

둑도 없는 하늘 위에서
누가 낚싯대를 드리우고 있는지
해만 뜨면 하늘바다에 가득한 별들을
남김없이 낚아낸다 밤이면 강물에 뜨는 별들은
한밤이 되기 전에 미리 하늘낚싯밥이 되지만

진화 되다만 가로등도 힘껏 어둠을 살라먹고
박제품처럼 나뭇가지에 목을 걸치고
비취빛을 토하는 별로 뜨지만
살라먹은 어둠이 위장으로 내려가기 바쁘게
낚싯밥이 되고 말지만

뜨고 싶은 사람들의 욕망은
언제나 가슴 방만 채우고 앉아있어
낚싯밥이 될 걱정은 없다
사람은 해가 별에게 가기 전에
별이 해에게 가기 전에

낚싯밥이 되어버리는 먼 그리움의
거리만 알면 된다

나뭇가지 · 1
－ 하늘을 흔드는

구름이 기둥을 이루고 있다
언덕 위 해묵은 삼나무
하늘에게 긴 팔을 치켜 흔들고 있다
발등이 다 드러난 나무를 품 넓은 땅이
깊이 품어 안고 버티는 중이다
땅으로 내려오려는 가지는 한 꼬챙이도 없다

햇살이 머리 아래 땅을 덮어도
바람이 머리를 끌어 잡아내려도
꼿꼿이 위로만 쳐드는 머리
두 팔을 벌린 채 구름기둥을 부둥켜 안고 있다
방금 마악 하늘 살을 찢으며
구름기둥 속으로 치솟은 우주선 한 채
빙글빙글 우주와 도킹 하다가
치켜든 송곳 같은 나뭇가지에
"내려가" 한 마디 말을 걸어놓고 간다
구름기둥엔 바람도 지나다 머리가 걸리지만

사람들은 말한다
"저것 봐 나무가 붙잡고 있는 구름기둥이 떨리고 있네
하늘도 나뭇가지에게 흔들리나 봐"

나뭇가지 · 2
― 발등을 보는

나뭇가지가 바람어깨를 툭, 친다
나뭇잎이 무너져 내린다
고봉밥처럼 웅덩이에 쌓인 제 살을 보고
후닥딱, 놀라 뛰는 맨몸을 빗줄기가 밟고 간다

나뭇가지 사이사이 빗방울이 자고 간 뒤
방울을 쫄랑거리는 조랑말처럼 연초록 잎들이
손가락은 감춘 채 입으로만 재잘재잘
이야기책을 쓰고 있다

때로는 어리둥절 때로는 깜박깜박
시간의 필름이 한참 풀어진 뒤
하늘로만 달리던 빼 마른 나뭇가지
오늘은 둘러싸인 바람치마를 부욱, 찢고
발등에 뚝, 떨어진 몇 방울의
핏방울을 물끄러미 보고 있다
땅으로 목을 늘여 보고 있다

불면증

밤새 길이 혼자 길을 걷는다
길을 신고 가던 발을 내려놓은 밤엔
불빛만 태우고 길이 혼자 걷는다
한참 걷다보면 옆구리에서 자꾸 찢겨나가는
길이 또 길을 신고 혼자 걷는다

길이 길을 이고 걷는다
길 위의 길로 또 길이 혼자 걷는다
깊은 밤엔 어둠만 태우고
하늘을 신고 길이 걷는다

머리 위엔 어둠을 걷어내는 빛이
꽃 덤불을 이룬 봉화들이
길이 되고 있는
하늘 밖의 길 밖의 길로
길이 혼자 끝도 없이 걷는다

바람은 풀 등에 업혀 잔다

풀밭 속에서 풀밭을 본다
덜 푸른 풀밭이 짙푸른 풀밭을 이고
그네를 타고 논다

멀리 바다 건너 마을을 감싸고 있는
가로등도 풀물이 들어 파랗게 살아난다
이 아침을 가로지르는 녹두새 몇 마리
하늘에 닿지 못한 낙오공기를 흔들어 깨운다

오늘은 어떤 안부가 날아올까
하늘의 신호음을 기다리는 사람들
저마다 반짝이는 눈으로 귀를 열고
하늘의 지시를 귀로 받아 적느라 부산떤다

가슴을 열고 오지랖 귀퉁이에 끼적여 넣는
부스러기 말들은 오랜 소망의 낙수가 아닐는지
오래 전에 하늘로 띄운 꿈의 답신은 아닐는지

(사람들이 몰래 다지는 피멍든 약속처럼
바다 건너 마을의 가로등도 먼 날 어느 별이
흘린 상처의 열매인지 아침내 파랗게 눈 뜨고 있다)

풀밭의 풀들은 아침부터 깊푸른 노래를 퍼 올린다
풀의 깊은 가슴을 활짝 열고
말총벌, 모시나비, 풍뎅이, 베짱이들이
톡톡톡, 팬지, 씀바귀, 붓꽃, 과꽃, 매발톱
잡히는 대로 머리끄덩이를 끌어내 풀밭
가득 펼친다

하늘의 발치까지 갔다가 낙마한 절뚝발이 낙오바람도
하늘가는 휠체어가 올 때까지는 풀이
자아내는 노래를 타고
만발한 꽃밭 속 풀등에 업혀서 숨죽여 잔다

2부

차표 없이 온 봄

차표 없이도 불쏘시개 한 장으로 개찰구를
빠져나온 봄 한 덩이
마중 나온 뾰루지 같은
봉오리들에게 화덕 한 통씩 안겨준다
봉오리들은 일심으로 화덕에 불을 붙인다
지나가는 바람 한 필 끊어와 살, 살, 살,
화덕 앞에서 밤 내 부침개를 뒤집는다

해가 하늘 기슭에 얼굴을 내민 뒤에야
뒤집힌 자기 몸을 본다
불침번으로 지켜준 나무에게 손을 흔들며
빵긋, 봉오리를 깨고 나온 진달래
만산에 활짝 불을 피운 봄 아침
녹슨 추억은 뒤로 밀리는, 햇살이 똑똑
부러지는 빳빳한 젊음을 산새들도 아직은
어리둥절 구경만 한다

다시 열린 봄날에

활짝 열린 봄 속으로 들어선다
겨우내 외롭던 꽃밭이 식구들로 가득하다
빵긋거리는 노랑 빨강 하양 뺨들을 다독이며
*창준의 손을 잡은 나는
꽃으로 피던 시절을 생각하며 걷는다
아이의 손에는 빨간 꽃이 내 손에는 하얀 꽃이 복사된다
지난 겨울 떨군 꽃의 눈물이
다시 꽃을 피운다는 사실을 아이에게 설명하면서
어린 세대와 낡은 세대가 서로 다른 생각 속에
꽃들을 다독거린다

시간은 그 시간이 아닌데 꽃들은 왜
그 꽃이지? 하고 아이가 물어오면
나는 어떻게 대답할까
아이의 말은 늘 왜? 왜? 로부터 시작하고
길어지는 나의 대답엔 언제나 귀를 닫아버린다
대답에 궁색한 나는 아이가 스스로 알아갈

길만 안내해준다

아이는 얼마 안가 혼자서
하.하.하 웃음을 날리며 봄 속을 달려갈 것이다

*초등학교 2년생인 나의 첫손자

몸살 앓는 하늘

간밤 내
깔깔, 봉오리 웃는 소리만 났다

아침에
하늘이 한 뼘도 남지 않았다

봄 내
하늘은 가득 찬 꽃잎으로 몸살을 앓는다

해는 어디에 있는지
진종일 빨간 명주실만 내려 보낸다

*유민의 봄나들이

붉은 비가 내린다
사방에 붉은 입술들이 걸린다

입술들은 일시에 봄. 봄. 봄을 읽어낸다
재잘 재잘 재잘거리는 봄 소리 아래로
한 켜씩 귀에 걸리는 꽃잎

비도 붉은 꽃잎을 귀에 걸고
봄 읽는 소리를 한 롤씩 풀어 길을 만든다

*유민은 처음으로 꽃비를 맞으며
쨍쨍한 소리로 봄! 하고
귀에 걸린 새끼제비 노래를 만지작거린다

"봄, 나도 줘!" 봄을 가지고 싶은 유민의
머리 위로 붉은 비는 금방 멎어버린다
새로 새파란 비가 줄지어 내린다

갓 깔린 새파란 비단융단을 밟고
총 총 총 달려가는 유민의 꽁지머리가
팔랑팔랑 봄 들판을 살려내고 있다

*세돌 지난 나의 첫 손녀, 이유민(창준의 누이동생)

휴일 아침 봄비

봄이 입을 열고 꽃잎을 마구 토해낸다
꽃잎 먹은 봄비가 동 동 동 꽃잎을 져 나르다가
이 아침엔 빳빳이 서서 손뼉만 친다
하늘에 땅에 열꽃을 띄우는 진달래 옆구리
살이 튼 돌 틈엔 아직도 늦잠 든
노르께한 토끼풀이 꼬부라져 있다
일어나라 일어나라 한 주먹씩 꽃물을 먹여주며
흔들고 있는 진달래 치맛귀를 스치는 자전거 요령소리

휴일 아침
근린공원 일대엔 무단가출한 로봇 자전거 가족들이
동글동글 줄을 지어 돌며 한 두름씩 꽃잎을 싣고 오래된
내 유년의 꿈 밭을 달리는 중이다 하늘 한 귀퉁이
희미하게 몸을 드러낸 무지개도 드러누울
공간이 없는지
아침 내내 허리 구부리고 서서 로봇 자전거 달리기에
일심으로 손뼉을 쳐 준다
지금은 환히 열린 봄
다시 입 다물 날이 멀지 않은

산이 여름을 묻고나서

가을은 두 손으로
여름의 시체를 들고
산으로 간다
산마다 비명에 간 여름을
슬퍼하는 새들의 울음소리
산을 흔들고 있는 새빨간 울음소리
밑바닥에 관을 내려놓고
울음소리로 뚜껑을 덮고
가을은 무거운 발걸음을 떼놓지만
발걸음이 떨어지지 않는다
아직은 여름의 묘지 곁에서
잡초를 불태워야할 일이 남았다
이윽고 가을이 잡초에 불을 붙인다
불은 온 산에 널리 퍼지고
드디어 세상의 나무들도 불태운다
세상은 지금 가을불로 빨갛게
단풍드는 중이다

봄 명주실 웃음

오늘 문득 실바람이 세상을 열어젖힌다
실바람 손에 든 초록 칩을 나뭇가지 겨드랑이마다
꼭꼭 묻는다 나무 겨드랑이엔 초록 손톱이 돋아나고
손톱 밑에선 뽀르통 내민 새 입술을 열어
진달래 개나리 초롱꽃 뻐꾹채 노루귀 제비꽃
줄줄이 명주실 웃음을 좌악 널어놓는다

실바람 요술지팡이에 올라탄 나비 몇 마리
몇 됫박씩 꽃가루를 흩뿌리며 세상의 몸에 봄을 입힌다
깔, 깔, 깔, 세상은 종일 명주실 웃음을 멈추지 않는다
세상 웃음을 따라 날아온 제비도 명주실 웃음을
날개에 태워
우주 밖으로 날아가느라 부산떤다

나는 종일 봄 웃음을 퍼먹으며
한 발 더 진화된 세상 속에 서 있다

르누아르의 초롱꽃

키를 꼬부려 한껏 품고 있던 불씨를
드디어 내놓은 나무들
나무들이 오지랖을 열 때마다 뭉텅 뭉텅
불무더기가 나온다
곁에 섰던 바람이 체머리를 흔들며 뛰어간다

바람이 뛰어가며 체머리를 흔들 때마다
불씨도 사방으로 퉁겨간다
겨우내 곤히 자던 강이 입을 크게 열고
물줄기를 쏘아 올린다
바람이 퍼놓은 하늘로 치솟은 물줄기
초롱꽃으로 내려온다

바람이 강둑으로 몸을 누인다
따라가던 길도 옆으로 초롱꽃을 끼어 차고 드러눕는다
바람도 진화하는지 길 없는 길을 메어치며
쏙쏙 초롱 혀를 날름거리지만

사람들은 초롱불에 데이지도 않고 와~와~
소리만 지르며 바람 속으로 사라진다

봄밤도 불길처럼 마음을 태우던 아픔도
불꽃에 타다 잠든다
타지도 않은 나는 봄 문턱을 빠져나와
초롱불 곁에 멍청히 서서
불꽃을 휘날리는 뜨거운 바람만 자꾸
호주머니에 집어넣는다

아침 스냅 한 컷

서정마을 아침
추녀 끝에 밤새 매달려 자던 뱁새 몇 마리
드르륵 미끄러진다
햇빛을 따먹으며 하늘로 치솟는다

방금 하늘은 명주실 한 필을 흘려버렸다
온 몸이 빛으로 태어난 서정마을 아침
머리에 조금 남은 이슬을 털고
아침은 팔을 뻗어 크게 기지개를 켠다
나지막한 산이 아침을 받아 먹는다

산도 입을 열고 새파란 산새 몇 마리 날려보낸다
포르릉~ 새들은 햇빛 속을 헤엄친다
햇빛 립스틱 바른 새들이 살짝 이슬 문 나뭇잎을 퉁기며
간다 마악 배꼽을 굴리기 시작한 하늘을 두들기며
까불까불 리듬을 차며 갈잎을 따서 물고 간다

일찍 나온 운동선수 몇은 운동화를 벗어든 채
멍청히 서서 쳐다본다

그늘을 기다리는 꽃

와글와글 뒤얽혀있는 소리들이
노란 빨간 하얀 저고리들을 입고 있다

끝이 안 보이는 운동장
누군가 명중시킨 탄알 같은 소리에 깨져
머리가 없는 꽃들이 사는 세상

꽃들은 하나같이 땅으로 눈을 내리고 있다
팔이 공중에 묶인 채 온몸에 햇살 매를 맞으며

서로 포개 앉은 몸이 핏덩이가 되어도
노란 빨간 하얀 쉰 웃음만 토해낸다

머리가 없는 앉은뱅이 꽃들은 처음부터
땅을 떠날 줄 모르고 그 자리에서 날마다
잠을 잃은 채 그늘을 기다린다

그늘인 그분이 잠을 찾아 들고 돌아온 뒤에야
웃음을 벗어 입 안에 접어 넣으며 운동장 품 속
자유로운 잠에 포근히 싸인다

봄날 그리고 개울

멀리 쑥밭에 얼굴을 넣고
둑길 하나 푸른 댕기처럼 나풀나풀 가고 있다

진종일 오르내리며 미끄럼 타는 아이들 발길에
등덜미가 반질하게 닳아있는 둑길 옆구리
밑창이 드러난 개울 속 헤엄치는 올챙이를 따라
첨벙거리는 아이들 말아 올린 바짓가랑이 사이로
물질경이 몇 잎, 파란 손을 흔들고 있다
잠자리채를 들고 바람을 타고 가는
아이들 잠자리채 속엔 파란 하늘만 담겨
팔랑팔랑 오지랖에 바람을 넣고 달린다

이 한 장의 단조로운 풍경을 깔아놓고
봄날은 느릿느릿 가다가 저문다

꽃잎의 귀

꽃밭이 있는 아파트 발코니로 이사 온
매발톱 꽃나무 몇 날은 기가 빠진 듯 졸다
오늘 문득 높은 공기를 맛본 듯
고개를 쳐들고 팔팔 일어나고 있네

쫑긋쫑긋 귀를 세우고 사람 쪽으로
목을 내밀어 흐드러진 세상 소리를 연거푸 퍼먹고 있네
뾰족뾰족한 세상 소리를 뼈 채로
허겁지겁 집어 삼키고 있네

말이 내뱉는 가시를 소금물로 알고 들이킨 꽃의 귓불엔
오늘 아침 유리조각들이 매발톱처럼
뾰족뾰족 매달려 있네

달맞이 꽃

깊은 밤 보초병처럼 홀로
세상을 지키는 보름달
창공이 대낮 보다 환하다

이따금 손을 내젓던 바람도
뻣뻣이 선 채 잠이 든 한밤
적막 속을 살금살금 나와 본
별들이 얼떨떨 무안해 한다

이런 때 사람들은 꿈속을 빠져나와
떠나보낸 추억 속으로 들어가는지
상한 마음은 간 데 없고
상처마다 돋아나는 새순

몰래 기다림이 되는
새하얀 달맞이 꽃

반짝 봄

아침운동 하는 개나리 팔뚝이 힘줄을 세워
아침을 두드린다 들판은 서둘러 가슴을 넓힌다
당당히 일어나 손발로 톡, 톡, 아침을 넘어뜨리는
꽃잎들 일제히 앞발을 내밀어 바람과 깨금뛰기 한다
들 가슴에 꼿꼿이 붙으려고 발가락을 세우고
공기를 차 던지는 사이 개나리로 진달래로 벚꽃으로
몸 바꿔가며 들 가슴을 베어 먹는 꽃잎들
어느새 몰아친 황사에 휘감긴다
(봄 들자 들판 전체를 노랑 빨강 노래로 띄우더니)
마구 산발한 황사갈퀴에 휘말려 살이 헐린다
황사도 로봇인지
억센 주먹에 멍든 꽃잎들, 이제 보니
사람들의 신발 밑에
꽃물을 엎질러놓은 채 부황 든 누더기로 숨을 몰아쉰다
꽃잎을 흘려버린 나뭇가지 옆구리에선
이제 마악 겁 없이 치뻗은 뻣뻣한 가지들
화들짝, 여름이 깔고 앉는다

청소하는 날 · 2

허공에 비를 댄다
왼뺨 오른뺨 돌려가며
바람이 허공을 닦어낸다

해가 반짝 눈을 뜨다가 배경으로 나앉는다
몇 묶음의 비를 움켜쥔 바람이 우주로 올라간다

쏴~쏴~ 먼지가 쏟아지는 블랙홀
온몸이 비가 된 바람이 마주 버티고 선다

바람이 내준 길로 먼지에 갇혀있던
우주선이 떠난다 제비처럼 미끄러지며
지상 정거장으로 귀환한다

허공에 안보이던 길이 햇빛을 데리고
지상으로 온다 드디어 환한 세상
나도 마음에 난 길을 닦는다

마음의 잎사귀에 앉은 해묵은 딱지를 뜯어낸다
세상을 통째 갖고 싶었던 허욕이 알갱이 채 떨어진다
한번도 안보이던 내가 유리 속처럼 보인다

이제 나도 눈을 뜨고 하늘을 쳐다봐도 되겠다

손가락 하나로

― 고층 아파트

검지 하나에 힘을 넣고 엘리베이터에 올라탔다
가만히 불빛이 타고 가는 숫자만
눈이 혼자 읽고 있었다
철컥, 문이 열리고 하늘에 매달린 고층 아파트가
내게로 걸어왔다 나는 공중창고에 담겼다
나무들은 수십 년을 목을 빼고 가야 닿는 곳
사람은 손가락 하나로 삽시에 닿는다

여기선 산 이마와 날마다 이마 맞춤한다
해와 달도 머리 맞대고 눈 맞춤한다
나는 밤마다 눈에 눈씨를 모아 창밖을 노려 본다
까만 하늘이 가까이 와서
별 싸라기를 주루룩 쏟아놓는다
별똥별 옆구리엔 꿈 주머니도 달랑거린다
나는 별 꿈 주머니에 손을 넣으며 말을 걸어본다

하지만 그건 잠시일 뿐

공중창고 안에선 아래위로 와글와글
사람이 서로 패대기치는 왁자지껄 소리
날마다 소리 속에 몸이 어스러진다
그 분이 사는 그 곳과는
아직도 먼 거리의 나그네 대기소인가

가을바람 · 2

바람이 풍선을 타고 하늘을 건너간다
풍선은 달의 품에 안겨 느긋하게 날아간다
풍선이 달의 닮은꼴이냐고 바람에게 물어본다
그때 달은 구름 속에 숨어버린다
바람이 풍선을 놓친 줄 모르고
달을 끌고 까불까불 산을 넘어간다
이윽고 달이 산속에 몸을 숨기며 바람을 내버린다
하늘에서 쫓겨난 바람이 사과송이를 풍선인줄 알고
사과의 뺨을 토닥토닥 두드리며 논다
사과송이가 새빨갛게 얼굴을 붉힌다

가을바람은 눈이 멀어 분별력이 없다
자꾸자꾸 몸이 싸늘하게 식어갈 뿐

3부

푸른 수혈

한낮 공중에 대롱거리는 봄을 딴다
철없는 손이 놓아버린 꿈

빨간 봄을 베어 문다 공기의 배가 펄럭인다
꽃잎이 차르르 흐른다 피다만 봉오리까지
온통 내 몸에 붉은 피를 수혈한다

힘줄이 파랗게 도드라진다
새파란 잎이 화들짝, 몸을 열고 나온다

여름이 세상을 덥석, 깔고 앉는다

그 해 여름밤의 뱃고동소리

그 해 여름밤 강을 품고 앉은 섬이
나를 낚시터에 앉혀놓았다
시간도 바람도 잠이 든 하늘과 강 사이
웅성거리는 서너 채 그림자만 떠다니고 있었다
건너편 강 끝에 머리를 넣고 물만 마시던
낚싯대가 문득 파르르 몸을 떨었다
"물었다 물었어" 웅성거리던 소리 한 토막이
잠든 공기를 부-욱 찢었다
소리 위로 한 소절 굵고 기운찬 뱃고동 소리가
길게 물결 위로 줄을 그었다
화들짝 놀라 깬 바람이 한 바퀴
강의 등덜미를 휘몰고 달렸다
물속에 푹 빠진 찌가 깨금발 뛰기를 했다
언제나처럼 웅장한 우주의 송신음이나 기다리듯
나는 지긋이 귓바퀴를 모으고 졸고 있는 무덤이 되었다
바로 그 때 돌아오는 유람선이
다시 한 번 강바닥에 뚜우~~ 고동소리를 질러 넣었다

우주선을 탄 듯 무지갯빛 불빛 사이로
손을 흔드는 물체들이 깔깔거렸다
문득 유람선 배꼽에서 커다란 지뢰 덩이가
부글부글 끓어올랐다
물너울을 일으키며 자객처럼 불쑥 치솟은
고래, 머리가 뱃전을 들이받았다
유람선이 팽이가 되어 강 위로 팽그르르 돌았다
몽땅 하늘로 원격전송 되는 줄 알고
아찔, 정신을 잃은 나,

이윽고 잠잠한 강가 나는 은빛의 마디로 무늬 진
낚싯대만 낚아들고 꿈밖으로 동댕이쳐져 있었다

그 해 여름 숲 속에서

이른 아침 산을 오른다

아직 바람은 나무를 베고 잔다
동쪽 하늘에 붉은 망사 천을 깔던 해가 숲을 깨운다
숲은 밤새 바람에게 내준 무릎을 슬그머니 빼낸다
베개 빠진 바람머리 나뭇가지에 머리채 들려나온다

잠 깬 산새 몇 마리 이 가지에서 저 가지로
그네를 뛰는 사이 숲들이 바람뭉치를 머리 위에
올려놓고
북채가 된 가지로 산새의 노래를 바람 배에 쏟아 부으며
탬버린 바람 배를 치느라 부산떤다

입 다물 줄 모르는 가지가 종일 바람바퀴를 굴린다
숲 속은 온종일 탬버린 소리로 탱탱 살이 찐다
세상을 때려주고 싶은 사람들은
왼쪽에서 오른쪽으로

아래서 위로 숲을 안고 돌며 바람바퀴를 굴리는
숲의 재주를 배우느라 여름 한 철을 숲에서 산다

지리산 바람소리

지리산 중턱을 오른다
올라갈수록 깊어지는 계곡이
살 속에서 살아있는 것들을 꺼내놓는다
파란 손을 팔랑이며 찔레나무 가지가
불쑥 고개를 내민다
오래된 노송나무는 거느린 새 식구들과
팔짱을 걸고 영토 넓히기를 서두르는 중이다
사철 얼굴 붉은 단풍나무는 부끄러운 듯
땅으로 고개 숙이며 마중 나와 서 있다
솔방울 같은 열매를 머리에 인 구상나무는
활짝 팔을 펴 하늘을 안고 있다
식구를 늘이지 못한
굴참나무 개암나무 도장나무들 사이로 들락거리는
휘파람새가 진종일 구슬이 뛰어가는 휘파람으로
계곡의 정적을 깨우고 있다

나무들의 발치께에 드문드문 밥풀처럼 흩어져있는

산꽃들 머리 위로 이따금 서늘한 바람이 스쳐 가면
한나절 햇볕도 들어왔다 바스러져 날아가 버리는,
절로 따라 들어온 시간도 나뭇가지에 걸려 퍼덕거리다
죽어버리는 뱀사골 중턱에선
심장을 두드리는 북소리 같은
징소리 같은 물소리 같은 신음소리가 떠돌다 간다
오랜 기억 속에 맴도는 젊은 혼령들이
아직도 저승에 가지 못해
깊은 계곡 중턱에 앉아 그때의 울음을 울고 있는지
한 곡조 원혼가가 무겁게 날고 있다
억새소리도 같이 우렛소리도 같이
무거운 발걸음을 남겨두고
이쯤에서 하산하는 지리산 바람소리

초겨울 들녘에서

하늘이 목화밭이 되었다
올이 굵은 바람이 하늘마루에 이마를 찧으며
진종일 희뿌연 목화솜 이불을 짜느라 부산떤다
하늘 변두리에 사는 구름도 한꺼번에 몰려와
하늘 몸에 삼천층 계단을 쌓는지 발소리 거칠다

어깻죽지가 기우뚱한 양철지붕 밑 툇마루에
펼쳐진 허름한 일기장 마구 넘어가는 책장을
몇 꼬챙이 안 남은 수숫대가 머리 맞대고
읽고 또 읽느라 온 들녘이 서걱거린다

가끔 싸락눈을 이마에 얹고
앞뒤로 몸을 흔들거리는 뻐석 마른 갈잎과
빈 껍질의 짚단 몇 개 구부린 허리 옆에
빨간 불꽃을 이고 높이 서 있는 '들녘교회'
십자가 밑으로 종종걸음 치는 빈 껍질의 사람 한 개,
발걸음을 머뭇거리며 고개 수그려 마음의 기원을
살며시 놓고 또 놓고 간다

가을밤과 어린왕자들

밤하늘이 대낮보다 밝습니다
별이 새끼를 낳는지
2·4·6으로 식구들을 늘려갑니다

아이들은 나뭇가지 끝에 올라가
하늘에다 사닥다리를 놓았습니다
별은 아이들 머리 위에다 자꾸자꾸 싸라기를 뿌립니다
아이들은 팔을 쳐들고 높이높이 흔들어봅니다
별은 아이들 손가락 사이로 잘도 미끄러져 갑니다
아이들은 디카폰에다 찰칵찰칵 저장하기 바쁩니다

문득 아이들은 사닥다리를 버리고
땅 끝을 향해 달려갑니다
별을 타고 어린왕자가 내려올까 봐
힘을 다해 땅 끝으로 달리기 합니다
밤새도록 달리기 하는 아이들 손에서
달랑달랑 요령소리가 납니다
아이들 디카폰엔 몇 꼭지의 어린왕자가
활짝, 웃고 있습니다

오래된 영화관에서

입을 연 스크랩북을 걸어 들어간다
칡넝쿨 줄기가 질서 있게 엉클린 세상
깨알 같은 나라 이름에다 발을 담아본다
신기지 않는 길이 살아서 사방으로 뛰어 간다
다시 콤파스 다리를 넣어본다 평생을 가도
닿지 못할 길이 콤파스 다리 안에 갇힌다

콤파스 발에 밟혀서 퍼덕이는 길 끝
철문을 열고 들어서 본다
연기 자욱한 살타는 냄새가 아직도 남아있는
나치 병정이 보초 서있는 그 가스 실 아궁이가
시뻘건 불기둥을 물고 있다 다시 걸어도 히틀러가
눈앞을 가로 막는다 시간을 쏟아내는 분무기의
입이 닫히기까지는 뒤로 밀리며
커지는 그 철문의 궁둥이

철문에 묶여있는 시간을 풀어 보내며

나는 빠뜨린 유태인 마을을 군데군데 그려 넣으며
밑 빠진 항아리처럼 새나는 눈물도 닦아내며
가슴에 돋은 소름을 안은 채 다시는 안 보려고
시린 눈을 꾸욱 감고 자박 자박 자박
스크랩북을 걸어 나온다

빈 의자 한 채

그림자를 늘어뜨린 의자가
빈 집이 되어 빈 집 속에 서 있다
잘 살펴보면 가시나무에 걸린 한 쪽 어깨가
땅으로 축, 쳐져 있다
빈 집 속을 기웃거리는 내 눈을
머리칼을 풀어헤친 어둠이 갈퀴를 내밀어
굵은 노끈의 그물처럼 낚아챈다
나는 그 때 어둠을 벌컥벌컥 들이켜고 뒤로 나자빠진다
혼자 서 있던 의자도 쿵, 나둥그러진다
자던 먼지들이 벌떡 일어나 바들바들 손을 떨며
나에게 덤벼든다

들판의 중간쯤에서 옆으로 새나간 길로
새참 먹을 시간만큼만 가면 의자 혼자 사는 마을이 있다
무성한 탱자나무 가시에 늘 어깨가 걸려있는
그 집의 마당엔 문어발을 뻗어 잡히는 사물마다
덥석덥석 감아 넣는 웅덩이가 입을 벌리고 앉아 있다

군데군데 군사를 거느린 웅덩이는
사람의 발을 움켜 머리칼까지
몽땅 말아 삼키는 50년대식 낡은 시간들이
종아리에 감긴다
주인을 기다리다 지친 야생초들도
눈에 불을 켜고 서 있다
(눈에서 튀어나온 실핏줄이
50년의 가슴에서 터져 나왔을까)

날마다 어디서 보내오는 신호음을
온몸으로 받아 적기만 하는
손을 치켜든 빈 의자 한 채, 언제 웅덩이가
삼켜버릴지 모르는

이사를 하고나서

스무 세 해 나를 담아 삭히던 동화책 같은 내 집
어느 날 꽁지 잘린 바람같은 도둑발이 지나갔다

날마다 몸이 아프다고 바람소리로 울고 있는 내 집
가슴까지 치미는 피울음을 꾹, 눌러 앉히다가
어느 날 문득 한 마당 손에 넘겨주었다
새 옷으로 단장하고
아픔을 잊으라고

마음에 바람 든 나는
오늘 아파트라는 서구식 공간에 7번째 바꿔 들었다
박제품같은 아파트 머리 위 아래를
곡괭이로 찍어대는 발자국들
시간의 귀도 가는 귀 먹고 마는
그 난장판 소리를 피하다 나는 자꾸 마음이 부러지는
병에 걸렸다

사고팔고 사고팔고를 몇 번 거듭하고 나서
찾아본 내 심장 이미 절반이 망가져 있네
강철인 줄 알았던 그 심장 애초에 풀잎이었나

지금은 벨트에 목조인 강아지처럼 숨을 죽이고
잠시 엎드려 기죽어 있다

창, 할 말이 많은

한낮 한가운데서 한 됫박씩 햇볕이
창에 펑. 펑. 구멍을 내고 있다
창은 눈씨를 모아 온몸으로 버티지만
인두질 당한 가슴처럼 종일
꺼지지 않는 숯불에 시뻘건 오목렌즈가 된다

창 앞 8차선 도로엔
차량들도 시동 끈 맨살로 미적미적 뒤로 밀린다
건널목 수은 먹은 신호등은 켜질듯 말듯 길게 망설인다

해는 가도 가도 중천에서
아스팔트를 숯불냄비에 담아 볶아낸다

길가 흘러내린 겉옷을 추스르는 플라타너스만
발가락을 깔고 들앉은 사람들의 등허리에
돋은 땀방울을 녹두새 같은 잎사귀로 닦아낸다

창은 입을 다물고 있어도 할 말이 많다
오가는 사람들의 마음을 문신처럼 복사하며
오래오래 저장하고 싶다고 들썩대는
창의 깊은 생각을 사람들이 알까

(온몸에 시뻘건 두드러기 핀 저 오목렌즈를!)

품 넓은 햇살

하늘 위 하늘에서
팍, 낙하산이 펴진다
햇살이 소낙비처럼 쏟아진다

발이 달린 햇살은 바다에 나뭇가지에
콘크리트 담장에 아스팔트에
바람이 일어나는 쪽에도 지는 쪽에도
달려가서 몸을 얹는다

햇살 한 접시 어깨에 얹은 강물이
만 리 밖으로 떠내려간다
강물이 닿는 곳마다 사물들이 빛깔을 바꾼다
나무도 흙더미도 사람도
햇살의 빛깔로 바꿔 입는다

각기 다른 빛깔을 입은 다른 꿈들이
햇살 속에 걸어 들어간다

(온 지상의 삶들은 햇살 속으로 걸어 들어간다)
지상의 삶들을 모두 안아 들이고도 품이 남은
커다란 우주

팍, 낙하선처럼 퍼지는 한 빛깔의 삶
온 우주에 가득 차다

칡넝쿨의 꿈

가장 아름다운 생은 취한 삶이라고 누가 말했다
나는 무엇에 취할까
날마다 취하고 싶은 꿈에 취해서 꿈꾸었다

그 때 꿈이 밖으로 나오면 바람에게 머리카락 휘몰리고
그 때 꿈이 밖으로 나오면 칼날에게 손가락 베이고
그 때 꿈이 밖으로 나오면 도낏날에게 발등 찍히고
그 때 꿈이 밖으로 나오면 회초리에게 등허리 패였다

그 때 나는 꿈이 세상에 나와 깨진 유리조각들을 보았다
그 때 나는 꿈이 세상에 나와 꺼진 횃불들을 보았다
이제 나는 꿈을 버리기로 했다 그러나
꿈은 질긴 칡넝쿨이 되어
온몸을 휘감아 붙였다
이미 내가 꿈 그것이 되어 있었다

누구도 꿈을 버리는 생은 없다

꿈 그것이 바로 생임을
生들이 먼저 알고 있다

한 쪽 다리의 생기

세상 위에 떠서
지붕에 발을 숨기고 있는 바람
외 쪽 다리에만 발통을 달고 있네

날마다 나뭇가지에 빌딩꼭지에 들판에
마구잡이 그물을 쳐놓고 낡은 찌꺼기 걸러내던
그가 이제 보니 한 쪽 다리가 굳어버렸네
세상이 쏘아올린 독침에 명중되었는지?

이제 외쪽 다리로 외쪽 하늘을 씻어낸다
외쪽 하늘에 붙은 구름이 하늘 옆구리에서
새파란 생수로 쏟아져 외쪽 세상에만 내리네
하늘 옆구리에서 반쪽뿐인 해가
반쪽 세상만 살려 내네

와! 온 하늘에 매달아 놓은 나의 디카폰엔
없어진 반쪽 세상이 찍혀있네

달 그림자

가을이 하늘을 높이 밀어 올린다
달이 발을 내민다

밤 내 걸어도 하늘은 끝이 안 보인다
밤길을 거들어줄 별들이 나와
달의 신발 끈을 조여 준다

달의 가녀린 손가락을 붙잡고
하늘 끝으로 띄워준다
하늘은 더 높이 더 멀리 퉁겨간다

달이 발걸음을 옮길 때 마다 그림자가 깔린다
그림자는 듬성듬성 앞니가 빠져있다
저 달이 이 빠진 그림자를 깔아놓고
하늘을 넘으면 어디로 가지

(나는 달이 깔아놓은 그림자 속에서
밤 내 내가 타고 갈 우주선을 찾고 있다)

뒤로 가는 세상

시간은 날마다 걸어도 발병이 나지 않는다
성난 바람이 몰아치고 패대기쳐도 시간의 발은
빙빙 돌아서 그 곳에 다시 닿는다

작년에 떠난 12월, 그 나뭇잎은
높은 가지 끝에서 초롱불처럼 다시 혼자 눈뜨고
댕그랑. 댕그랑. 종을 치며 그때 그 마침표를 찍은
시간을 다시 맞는다

날마다 바퀴를 굴려도
앞으론 시동이 걸리지 않는
뒤로 가는 사람들
얼어붙은 얼음벽을 못 보는 그들의 눈도
무동공인지를 12월 바람이 슬몃 들여다 보다 간다

입심만 무성한 뒤로 가는 사람들은
달려오는 사이버 물결을 커다란 입으로

먹어치우고 돌아서서 이미 넘어온
역사란 무덤을 향해 뒷걸음질만 치지
뒷걸음질이 되돌아감인 줄도 까맣게 모르는
그들은 다람쥐처럼 일심으로 쳇바퀴만 돌리고 있지

고속시대 그리고 마을버스

빼 마른 플라타너스 사이에 서서 마을버스를 기다린다

　플라타너스 꼭지에서 비둘기 똥이 뚝, 떨어진다 내 머리 위에 얼어붙는다 쌩~ 바람이 하늘 문을 열고 "나 아직 살아있어" 양 팔을 쭈욱 뻗고 나온다 얼어붙은 새똥이 바람에 올라탄다 플라타너스 푸석한 잎사귀가 몇 번 살려 달라 소리친다 이내 잠잠해진다 떨어져나간 나뭇잎 사이사이를 허공의 물렁살이 채운다 나와 상관없는 버스는 20분을 사이에 두고 기다림을 즐긴다 아직도 초록빛 마을버스는 오지 않는다 (이 고속시대, 마을버스는 기다림을 즐기는지?) 기다림에 지친 맞은편 나뭇가지에 앉은 바람이 팔을 휘저으며 다시 또 비행을 시작할 눈치다 서북쪽 방향으로 날개를 편다 내 뒤축을 이은 사람의 줄이 흐트러지고 꽁꽁 얼어붙은 외투 깃이 서북쪽으로 쏠린다 누가 등 뒤에서 내 어깨를 툭, 친다 머리칼이 마구 헝클어진 나에게 누구와 싸웠냐며 얼굴이 붉어진다 "겨울 바람은 세상도 뒤엎어놓는다니까" 이제야 밀어닥친 마을

버스에서 내린 사내의 인삿말이다

   (아직도 시간을 길에다 쏟아 붓고
   발을 구르며 마음 졸이는 이 고속시대?)

겨울 정동진에서

그해 겨울 나는 정동진 새벽 바닷가 모래 위에 서있었다 꽁꽁 얼어붙은 시간과 시간 사이 서너 꼭지의 남자와 여자가 안개를 신고 희미하게 서성거렸다 동쪽 산꼭대기에 박힌 한 여자의 눈이 비명을 질렀다 '모래시계가 얼어붙었다' 여자의 어깨 위로 한 뼘쯤 더 긴 남자의 고개가 끄덕이며 맞장구를 쳤다 그때 동쪽 산마루 밑에서 볼그레한 저고리만 벗어 올릴 뿐 해는 아직 머리칼 하나 보여주지 않았다 성미 급한 남자가 둑 위에 얼어붙은 돌멩이를 차 던지다 그 자리에서 깨금발로 뛰었다 엄숙하고 신비한 우주의 송신음을 기다리듯 나는 오그라든 목으로 우주의 옆구리에 얼어붙었다 바로 그때 둑 위의 남자가 와~와~와~ 소리 질렀다 멀리 발치께의 수평선이 빨갛게 끓어올랐다 점점 몸 부피를 넓혀갔다 문득 바다 배꼽에서 새빨간 모닥불이 물너울에 스르륵 말리고 있었다 나도 겹결에 돌멩이를 던졌다 모닥불은 얼룩도 지지 않고 활짝 웃고 있는 장미다발로 커다랗게 피어올랐다 바로 내 이마 위로 뜨끔거리는 빛이 흐르고 온몸이

얼음에서 풀려났다 얼음이 빠져나간 여자들은 다리가
후들거리는지 모두 주저앉았다 해는 점점 작아지면서
사람의 정신을 빼앗아 달고 부지런히 공간 밖으로 가고
있었다 나도 해를 따라 부지런히 걸었다 그 때 아침공기
를 부수고 햇살을 쪼개며 희뿌연 공간 한가운데로 기차
가 달려오고 있었다 잠자는 둑 목에 찢어지는 기침소리
를 질러 넣으며 정신 나간 사람들 정신의 복판을 가로질
러 기차가 와락 달려들고 있었다

4부

눈 속의 여자

표정도 없이 하늘이 웃는다

좍 열린 하늘 입에서
소금 알갱이가 내린다
한 여자가 하늘 웃음 속으로 삭제된다
삭제되었다 나온 그 여자가 눈을 깜박일 때마다
눈썹에서 해묵은 때가 지워진다
소금 가루가 덮어버린 그 여자의 머리가
낮게 내려온 하늘 살이 된다
하늘과 땅이 하나로 손 잡은 하얀 우주를
그 여자의 실티 같은 머리칼이 금을 긋는다
하얀 소금 알갱이에 묻힌 여자의
하얗게 씻긴 가슴 속 우주엔
하늘 살을 보내준 이의 눈동자도 담긴다

그 여자는 몸도 마음도 백지의 우주로 부활된다

기차를 타고

내가 탄 급행열차는 가지 않는다
가지 않는 열차에서 눈이
사물 1. 2. 3을 먹는다
햇빛은 덩그렇게 나를 켜고 따라온다
가로수가 눈 속으로 들어왔다 나간다
열차는 가만히 서서 가로수를 파먹는다
개망초 꽃이 밟히지 않으려고
뒷걸음질쳐 궁둥이로 들어와 이마로 나간다
열차는 서서 창문으로 스르륵 뭉개버린다
무리 소나무가 누렇게 뜬 어깨쭉지를 디밀어본다
열차는 서서 발통으로 깔아 뭉갠다
밭이랑이 줄을 그으며 달려들었다 짓뭉개진다
논바닥이 찰랑찰랑 물장구를 치며 들어왔다
열차 눈에 물먹이고 지워진다
지우개를 달고 서있는 열차를 타고 내 눈은
사물 1. 2. 3을 먹고도 눈물 한 방울 내놓지 않는다

마음은 어디에 벗어두고 눈만 기차를 타고
반쪽 뿐인 금수강산을 보러가다니!

진눈깨비 한 가락 찍다

억새밭엔 억새는 없고 얽힌 머리칼들이 성이나 있다
자지도 않고 한눈도 팔지 않고 기가 펄펄 살아서
무더기무더기 스크럼을 짜고 팔목을 잡아끌며
아래 위 옆으로 도리질을 하고 있다
온 들판에 마른 몸을 들어낸 채 달려가는
칼바람에 철철 살이 날리고 있다

(사람들의 카메라 속에선 거꾸로 서서
살살 눈웃음을 치는 억새, 한 움큼 말아 쥔
내 손이 부드러워진다)

바람이 나뭇가지에 걸려 한 잠 자고난 밤
내 카메라 눈이 한 눈도 감기지 않은 밤
카메라 눈에 빗금을 긋고 기다란
진눈깨비 한 가락 지나간 밤
카메라를 접어 넣기 아까운 밤

밤을 가로질러 진눈깨비 몇 줄기 열차처럼 지나간다
우주의 손이 진눈깨비 창고를 몽땅 놓쳐버렸는지!

얼어붙은 기차

오지 않는 기차를 기다린다
플랫폼엔 장승같은 사람들이
떨리는 어깨를 감싸고 붙어 앉아 있다
잿빛 공간을 받친 얼어붙은 지렛대나무
뼈석 마른 가지에 앉은 바람이
갈기를 뻗어 잿빛을 흔들다 말다 한다
외투 깃에 목을 파묻고
멀리 물러앉은 들판에 눈을 던져본다
둑 밑 논밭은 아직 오지 않는
봄을 묻어놓은 파삭한 흙살이 숨을 죽이고 있다
나는 얼어붙은 기차를 기다린다 아직 봄은 오지 않는다
얼어붙은 논바닥을 흔들어본다 여름에
거기 있었던 풀들을 읽는다
메뚜기의 애벌레도 펄떡 뛰어 오른다
논바닥 갈라진 틈새로 미꾸라지도
퍼덕거린다 퍼덕거리고 펄떡여도 내 손엔
잡히지 않는다 머리로만 읽는다

나는 오지 않는 기차를 기다린다
공기를 자르고 얼음처럼 산뜻한
뒷맛을 깔아놓은 바람에 휘몰린다 기차 같은
바람에 얹혀간다
세상은 여러 갈래의 길로 가지만 바람은 한길로만 간다
한길이 내 속에 길을 내고 달린다
나는 한눈도 팔지 않고 한길로만 달린다
여러 갈래로 풀리지 않은 한길에 옥죄인 오늘까지
오지 않는 기차를 기다리며

척추를 눕히는

어제까지 거뭇하게 그을린 길이
새하얀 살에 금을 내고 간다

창 밖엔 꽁꽁 얼어붙은 허드레 세상이
속살을 내놓고 앉아있다

뻣뻣한 허공을 붙들고
척추를 연거푸 눕히는 눈발을 베며
한 줄로 줄서기 하는 갈가마귀 떼
허공에 대롱대롱 고드름으로 매달려 있다

쉬지 않고 오는 눈발에 매 맞는
가로수 하얀 바짓가랑이 사이
자꾸 뒤로 미끄럼 타는 차량들이
와글와글 끓고 있는 구세기 세상
누더기 소리들을 깔아뭉개는 중이다

별똥별도 숨어버린 밤
백지로 채워진 공간에 남은
한물간 세상도 죽어 있다

내일 새 세기로 다시 태어나지 않으면
햇빛은 날을 펴놓지 않아도 된다.

죽음은 살아서 돌아온다

너는 언제부터 나의 그림자가 되었니?

긴 목 긴 다리 긴 팔뚝으로
너는 나를 무너뜨리고 뽑아내고 솎아내는 폭력으로
지나온 길을 슬쩍슬쩍 지워버린다
나의 비밀 디카에도 안 잡히는 정체불명의 너에게
나는 문자 메시지를 보내지만 한번도 답장이 없던
너는 멀쩡하게 살아서 내 옆구리에 차악 달라붙는다

너는 언제부터 나의 친구가 되었니?

오늘은 얼어붙은 하늘 난간에서 미끄러지는
요술쟁이가 된다
어디든 닿는 곳은 많아도 자신에겐 닿지 않는
변신술의 귀재
긴 팔 긴 다리의 경주자, 1초에 우주 끝을
돌아오는 투명 로봇

백두산에서 한라산으로 하늘마루에서 땅 밑 무저갱으로
발이 닿기만 하면 죽음을 철철 흘리는,
겨울엔 너무 자주 흘려
몸이 종잇장처럼 가볍지만 너무 가벼워 보이지도 않는
너를 나는 뒤꿈치만 스쳐도 왜 몸이 으스러지는지?

이 겨울을 끌고 어둠의 계곡으로 가지만
너는 침묵에만 닿을 뿐 죽음인 너에겐 닿지 않는다
네 손아귀에 쥐어지는 살아있는 사물 모두는
죽음에게 넘겨주고 너는 혼자
살아서 유유히 돌아온다
나의 고질 그림자, 비닐 스카치, 찰떡 반창고

너는 언제부터 죽음을 이겨버린 죽음이 되었니?

아, 저 노을

잔뜩 이맛살 찌푸린 산 가슴을 열고 들어서면
불가마 솥에서 갓 건져낸 화기가 확 치미는 나뭇잎
그 속에 감추었다 불거져 나온 열매들
달아오른 두 뺨을 반짝이고 있다
찌푸린 이맛살을 펴 주려고 들여 논 발목이 멈칫 놀란다
두근두근 뜀박질하는 관자놀이로 열매 한 알 따 낸다
한 주먹 움켜쥐면 손바닥이 탄다
얼른 입속으로 삼킨다
나를 내버린 시간이 훌딱 넘어간다
뜨거운 시간의 실밥이 지글지글 마음을 태운다
나는 오지랖을 감싸 쥐고 눈을 감는다
마음대로 뒤얽혀 타는 시간의 실밥을 잡아가둔
마음의 문이 철컥 닫힌다
문 밖엔 몇 벌의 어둠이 밀려와 감긴다
나는 다시 또 뜀박질하는 관자놀이로 눈을 뜨고
어둠 속을 조심조심 뚫어본다
어둠의 살 속이 환히 보인다

아직 채 어둠이 되지 못한 노을이
어둠의 속살로 깔려 있다
(아, 저 노을! 내게도 아직 노을이 남았는가)
노을에게 감긴 시간의 실타래를 세어본다
손가락을 꼽아가며 내가 삼킨
시간을 뺀 나머지 시간을
두 쪽으로 접고 또 접은 미리 다 본 것 같은 시간의
꼭지를 세어본다
어둠을 털어버리면 훨씬 줄어들 꼭지를

시집이 작아진다

빌딩은 하늘에 닿으려고 키를 키우고
사람은 지구를 덮으려고 부피를 늘리고
시간은 초 시간에 들어가려고 달리기를 하지만

대량생산이 유행병처럼 번지는 시인 마을
시가 대량생산되는 시인 마을의
점점 키가 낮아지는 시집들
시인이 시집을 만들고 시집이 시인을 만들고
사람의 생각이 자라서 세상을 만들고
세상이 무거워져 시집의 키를 짓누르고
시집의 작아진 몸통이 서가에 갇혀서 잠만 자고

시집은 학생들의 책가방 안에서
직장여성의 핸드 백 안에서
신사들의 호주머니 안에서 몸이
조그맣게 구겨져 잠만 자네
시집이 학생들의 손에 잡힐 땐

책장 모서리 장식품 구실을 하고
시장 아줌마들 손에 잡힐 땐
몸이 찢겨져 생선 옷 구실을 하고
코흘리개 꼬맹이들 손에 잡힐 땐
공차기 놀이기구 구실도 하네

시집은 이 시대 시인의 처지를 꼭 닮았네

당당하게 살아가길
 — 나의 자녀에게(미리 써 보는 유시)

너희를 보고 있으면 때로는 눈썹 끝에
이슬이 맺힐 때가 있단다
가난한 시인의 자녀로 태어나서
이처럼 올곧고 늠름한 울타리로 자랐으니
마치 푸르고 커다란 산을 보는 것 같아
대견스러울 때가 있단다 아들딸아
몇 번의 격동기를 겪은 부모 세대의
고난과 슬픔이 너희 세대엔 삶의 무게로 얹힌다는 사실
잊지 말기 바란다 아직은 마음 여린 아들딸아
슬픔과 괴로움은 아름다운 삶의 씨앗이 되는 것처럼
만일 너희 발 앞에 어둠이 깔릴지라도 그 어둠은 바로
빛의 씨앗이라는 사실을 깨달을 때 그 때가
참 삶의 진수를 맛보는 때란다
어둠에 가려 보이지 않는 빛을 찾아
어둠을 한 겹 한 겹 벗겨 나가는 인내와 힘이
바로 참삶의 원천이 아니겠니
힘차게 당당하게 밀고 나아가

빛과 소금이 되는 삶을 보여주기 바란다
누구도 대신할 수 없는 소중한 삶에
엄마가 남긴 삶의 궤적(시)들이
너희 삶에 무게를 더하는 힘이 되었으면 싶다
엄마가 이루지 못한 꿈인 우주탐색을 기억하기 바란다
바야흐로 우주시대가 열리고 있잖니, 너희들 시대엔
우주여행이 가능해지겠지 그 우주에 생명을 심는
우주에 인간 삶을 모종하는 키워드가 너희들이
되었으면 좋겠다 이 막중한 꿈을 너희에게 남긴다
나의 귀중한 아들아 딸아 엄마는 너희 두뇌와
믿음과 능력과 인내와 성실을 믿는다

대한민국 땅 독도

대한민국 땅 울릉도 옆구리
동해의 기둥으로 서서 왜인倭人들의 눈총을 받는 독도
왜인이 군침을 흘릴 때마다 한국말로 소리치는 독도
때때로 큰 기침으로 동해 전체를 뒤흔들어 놓는 독도
독도의 기침 한번에 온 바다 파도가 벌떡 일어나고
독도의 기침 두 번에 온 바다 괭이갈매기 떼 모여들고
독도의 기침 세 번에 우주를 돌아 나온 회오리바람이
왜인들을 향해 해일 같은 물 팔매질을 해 댄다

아침 해를 가장 먼저 뽑아 올리는 측후 안테나 독도
푸른 물너울이 치솟는 동해바다 한가운데
허공을 찌르듯 깎아지른 두 바위섬이 천연가스
하이드레이트를 깔고 앉아 지긋이 웃음 머금고
탈취할 틈만 엿보는 왜인에게 눈 부라리고 있다
멀리서 보아도 품고 있는 태극기를 휘날리는 우리 땅
독도!

독도는 태어나던 사백오십만 년 전에도
오늘도 살아있다
왜인들이 탐내는
무리 갈매기 방울새 동박새 황조롱이의
군무가 파란 하늘에 하얀 그림으로 수놓아
독도를 지켜준다
바다 속에는 희귀 물고기 떼와 물미역 산호 숲이
독도에게 날마다 푸른 생명수를 먹여준다
독도를 둘러선 참억새 날개하늘나리
개머루 까마중 꽃들이
철 따라 독도의 가슴에 꽃물을 들여 준다.
물장구를 치며 온종일 바다 머릿결을 빗겨주는
힘찬 바람소리는 대한민국의
일어서는 기상을 보여 준다

독도! 오늘도 의연한 모습으로 가득 찬
푸른 정기를 쏟아내고 있다

역사책 동강

가을 햇빛이 오늘 동강에 내려앉았다

동강이 청옥 빛으로 살아나 팔팔 뛰고 있다
동강의 어깨춤 사이로 자세히 들여다보면
이미 흠집 하나 없는 거울이 되어 세상을 비추고 있다

거울 속엔 청옥 빛 물결을 타고 노는 숭어 떼 위로
벌써 붉게 물든 가을 잎도 내려와
붉은 물감을 풀어놓고 있다

가을 잎의 물감으로 더욱 생기를 얻은 동강은
영월의 길고 무거운 역사를 풀어놓은 역사책이 되어
역사처럼 흘러간다

가물가물한 눈으로 들여다보는 우리의 흐릿한 의식을
동강은 굵다란 역사의 회초리로
마구 두드려 깨우고 있다

문득 번쩍 깨어난 우리는
난고 김삿갓 시인의 자유정신과 만난다

창기사발에 담겨있는 '양산'

유난히 하늘이 푸르고 토지가 비옥한 양산
수려한 산자락 아래 낙동강 굽이 흘러
그 정기 부산으로 이어가지요
통도사 삼층 석탑은 문화재 18호
세계적인 자랑거리랍니다

양산 법기리 뒷산의 창기사발에서는
녹청자 사발, 대접, 접시를 만들어내어
유례없는 기이한 양산의 자랑거리로
먼 나라까지 소문이 나고 있지요
이웃나라 사람들이 양산까지 녹청자 그릇을
부지런히 사러 온답니다

양산을 구경 온 이웃나라 사람들,
온 김에 한 바퀴 돌아본다고
삼성동의 50여기 고분과 낙동강 상류
물금勿禁마을까지

휘돌아보고 간답니다
아무리 고속도로 놓이고 고층 아파트가
줄줄이 일어나도 전설담은 영취산 정령과
하얀 박꽃 아래 숨 쉬는 유적지만은
고스란히 남겨두었답니다

도자기에 담긴 주술사

— 국보 제91호 (도제기마인물상)

사람의 생사화복을 주술사의 손에 맡겼던
신라인의 삶 한 자락이 도제기마인물상에
깊숙이 엎드려 있네
주술사가 한 영혼의 저승길을 천도하려
길 떠날 땐 그들의 화려하고 섬세한 예술혼을 담은
고깔 띠와 장식 달린 삼각모를 머리에 얹고
길게 갑옷을 발등까지 늘어뜨린 채
다리 짧은 조랑말을 타고 갔나봐

죽은 자의 영혼을 육지와 물길을 따라
저 세상으로 인도하러 가는
신령한 주술사를 태운 조랑말
엉덩이 짬엔
아래로 구멍을 뚫어 어둠을 밝혀주는 등잔을
앞가슴엔 사자의 영혼을 씻는 물을 따르는
돌출된 긴 부리를 아름답게 장식하고
한껏 멋 부린 모습을 뽐내고 있네

영계를 내왕하는 주인의 호위를 맡은
하인은 수건을 동여맨 상투머리에
웃옷을 벗은 맨몸으로
잔등엔 짐을, 오른손엔 방울을 들고
용맹을 다해 주인의 길을 안내 하는 듯

기발한 신라인의 풍습을 도자기로 빚었네
화려하고 섬세한 예술혼이 찻잔에 녹아
그날의 풍요롭던 삶을 살려내고 있네
국보 제91호 도제기마인물상
흘러간 신라 천년의 예술혼을
그 아담하고 화려한 체구에 담긴
이 나라 인간사를 넉넉히 읽을 수 있겠네 "

태화강은 살아있다

무룡산 문수산이 병풍처럼 둘러친
아름답고 비옥한 거대도시 울산
옛 신라의 관문인 유서 깊은 울산의
심장부를 흐르는 푸르른 태화강은
무수한 전설과 오랜 역사를 품고
오늘도 유유히 흘러가며 이마에 댕기머리 같은
둑길을 오가는 사람들의 찬사를 받기 바쁘다

펄펄 살아서 뛰어오르는 물갈기를 헤쳐 보면
저 무도한 오랑캐의 말발굽으로 흔적도 없이 사라진
태화루의 옛 모습을 유감없이 그려 낸다
무성한 숲과 새하얀 배꽃처럼 해맑은
사람들의 심성을 읊었던 옛 인걸을 그리며
도란도란 흘러간 세월을 증언하며
고령의 학성지를 조용히 감싸고 돈다
오늘도 태화강은 시퍼렇게 살아서
울산의 신화를 가득히 품고 흘러 흘러서 간다.

엎드려 졸던 침묵이

늦겨울 눈바람이
세상 한 꺼풀 벗겨낸다

엎드려 졸던 침묵이
와자지껄, 일어난다

다 떨어지고 남은
마지막 한개 잎이 입을 열고

쓰르륵 쓰르륵 창문에다 끝 페이지~
하며 찢어지는 소리를 연거푸 쏜다

세상은 일시에
침묵 속에 잠자러 들어간다

번역시

영역시 아침 뜰 외 4편

김지향 시 / 원응순 영역

아침 뜰

뜰이 일어앉는다
바람이 눈 뜨는
탱자나무 가지가 가볍게 홰를 친다
어제 가을이 퇴원한 아침 뜰에는
다시 먼지들이 부스스 걸어 나오고
떨어져 누운 마지막 나뭇잎이
서리를 털고 있다
바람을 깔고 앉아
두 아이는 황금빛 동화를 풀어 놓은
황금빛 그림책에 화금햇살 몇 개를
마저 잡아넣고 있다
우유컵을 들고 망설이는 내 등 뒤로
교과서 같은 아버지의 옆얼굴이 들어난다
아침 신문이 펄럭이는 뜰 밖에는
다시 쓰러질 거짓말들이 꼬리를 치고
어제 저녁 퇴원한 가을의 잔해들을
방금 첫차로 내린 겨울의 손이
쓸고 있다.

Morning Garden

The garden opens its eyes, getting up.
The twigs of oranges
With winds awaken flap their wings lightly.
In the morning garden the fall recedes
Again dusts are walking out quietly,
Last leaves lying far off
Are shaking off their frost.
Riding on the winds
Two children are drawing in golden picture-book
A few sunbeams untying the golden fairy tale.
Over my back getting hesitatingly milk bottle in
my hand
Father' s side face like a textbook appears.
Outside the garden morning paper is fluttering,
The lies that are to be swept again play a coquette,
The winter' s hands
Just arriving in first train,
Are sweeping the autumns' ruins
Released from the hospital yesterday evening.

아침 햇빛

비늘을 털고 살아나는 말들이
문빗장을 풀고 들어와 앉는다
창밖의 허리 굽은 느티나무 팔뚝에
목이 트인 서리까마귀 빨간 목청들이
대롱대롱 매달려 있다
간밤에 싸움을 걸던 검은 오뇌의 줄기,
쇠 방울로 등솔기를 때리며 재빨리
머릿속에 뿌리 내린 그 어둔 줄기를
뽑아내 버리고 나는
손가락을 펴들고 금가루를 뿌리는
햇빛의 머리칼 속으로 빨려 들어간다
거리에는 선잠 깨어 연지 찍은 가랑잎을
초롱초롱한 유치원 아이들 소리가
뒤덮고 있다
무거운 시대를 메고 세상 깊이를 재고 있는
그대들의 처진 어깨 위로
황금빛 꽃비가 된 가을이
뚝, 떨어져 아침 햇빛 속에
나부끼고 있다

Morning Sunlight

The revived words shaking their scales off
Sit in opening the gate bar.
The angry voices of resonant crows
From the branches of a zelkova tree outside window
Are dangling.
The stem of dark agony being quarrelsome last night,
Beating the seam on the back by an iron bell
Quickly rooting up the dark stem, I
Opening my fingers and scattering gold dusts,
Absorb into hair of the sunlight.
The voices of kindergarten children with limped eyes
The rouged autumn leaves awakened from
an uneasy sleep
Are overspreading.
Over their drooping shoulders
Carrying heavy times,
Sounding the depth of the world,
The autumn in the rain of flowers
Is falling down, falling,
In the morning light,
Is waving.

봄 편지

들 끝에서
조그만 나비 한 마리가
날아왔다
내 눈이 주워 먹었다
내 눈엔 뾰족뾰족
샛노란 개나리가 돋아났다
개나리는 시간마다
2. 4. 6으로 갈라져 흩어졌다
작년에 져버린
들 밖의 봄이
세상 속에 가득 깔렸다

나비는 봄의 배달부였다

A Letter of Spring

At the end of the field

A little butterfly

Came fluttering.

My eyes caught it.

At once a golden bell sprouted,

All pointed in my eyes.

The golden bell every hour

Scattered splitting into 2. 4. 6.

The fallen spring

Outside the field last year

Spread out in the world.

The butterfly was a carrier of spring.

초록빛 아이들

벗겨진 오월 하늘은
아이들 얼굴로 꽉 차 있다

새파란 마술지팡이 바람이
내 발 앞에 와서
눈이 큰 풀밭을 부려 놓는다

풀밭 속에 솜구름 같은 함성이
동 동 떠 다닌다
함성을 앞지르는 아이들의 맨발도
풀물이 올라 초록빛이 된다

초록빛 아이들 속에 들어간
나는 아이들 키 만한 물음표에 빠진다
아이들의 샛별 같은 물음표를
내 귀에 주워 담으면서
나는 문득 경이의 눈을 뜬다

아이들의 입에서
줄지어 나오는 종달새의 지저귐
하늘까지 퉁기는 그 의문부에 깔려
나는 아찔,
말을 잃는다

보랏빛 내 정신의 나이를 키질해 보면서
부끄러움을 타는 나
아, 나는 어디쯤에 와 있을까

새삼 얼굴을 씻고
손톱에 봉선화 물을 들이면서
무겁게 껴입은 나이를
한 겹 한 겹
벗어 던진다

이이들은 선생님이므로

Green Children

The heaven of May ignored
Is full of faces of children.

The wind, a blue magic cane
Came before my feet and
Spread a big eyed grass field out.

The shouts of the fleecy clouds
Are floating up up in the sky,
Their bare feet getting ahead of great outcries
Become green colors in getting wet with grass color.

I getting into the green children
Plunge in question marks as big as their stature.
Listening to their innocent questions
I casually stare in wonder,
Twitters of the skylarks

Bursting out from their mouth

I, pressed under the questions

Springing out into heaven

Feeling dizzy,

Lose my words.

Winnowing the age of my violet-colored spirit

I, feeling shy

Ah, where is the place we stand?

Washing my face again

Tingeing my fingernails with a balsam,

Take my heavy ages off

One by one.

Because the children are our teachers.

추억 한잔

꿈통에 대못을 박고
다시는 열지 않기로 했다

나의 이 굳은 결의 앞에
기억의 스크린이
책장처럼 넘어간다

스크린 한 토막 뚝, 잘라내어
가슴의 가마솥에 넣고 천천히 끓인다
허름한 삶 한 자락이
조청처럼 졸아들어
추억 한 잔으로 남았다

한 잔 속에 가라앉아 타고 있는
비릿한 추억의 눈을
만지작거리는 나에게
꿈통에 박힌 대못이 크게 확대되어 왔다
성급한 나의 결의를
저항이나 하듯이.

A Cup of Recollection

Driving shut the door of a dream box with a big nail,
I decided not to open it again.

Before my unflexible decision
The memory screen
Turns over like a leave of a book.

I snap off a scene from the screen,
Put it in my heart caldron
And boil it slowly.
A piece of my poor life is boiled down
Like grain syrup to form and fix a cup of memory
for me.

The big nail shut the door of the dream box
Appears enlarged to me,
Who fumble with eyes of the scared recollection
That are burning in a cup after they fell into it,

As if the big nail
Protests against my hasty decision.

부감법의 시학
― 김지향의 시

홍용희
(문학평론가)

　김지향의 시집 『길을 신고 길이 간다』는 쉽고 친숙하
고 흥미롭다. 벌써 25권의 시집을 간행하는 중진 시인이
지만 시적 상상력이 누구보다 신선하고 새롭고 활기차
다.　그가 머리말에서 "나는 사는 날까지 우주여행을 꿈
꿀 것이다."라고 진술하고 있는 것처럼, 그의 시적 상상
력의 원심력은 우주적 차원으로 확산되고 있다. 그러나
이러한 역동적인 활력의 근저에는 일관되게 우주론적인
무한의 문제의식이 내재되어 있다. 그래서 그의 시적 원

심력의 확산은 우주적 근원의 심연으로 회귀하는 구심력과 긴장 관계 속에서 전개된다.

그의 시편들은 천체적 이미져리는 물론 개별적인 사물까지도 우주론적인 존재원리의 범주에서 활달하게 사유하고 묘사하는 특성을 보인다. 그의 시적 상상의 "길"은 마치 나무뿌리처럼 수 없이 많은 가닥으로 확산된다.

밤새 길이 혼자 길을 걷는다
길을 신고 가던 발을 내려놓은 밤엔
불빛만 태우고 길이 혼자 걷는다
한참 걷다보면 옆구리에서 자꾸 찢겨나가는
길이 또 길을 신고 혼자 걷는다

길이 길을 이고 걷는다
길 위의 길로 또 길이 혼자 걷는다
깊은 밤엔 어둠만 태우고
하늘을 신고 길이 걷는다

머리 위엔 어둠을 걷어내는 빛이
꽃 덤불을 이룬 봉화들이
길이 되고 있는

하늘 밖의 길 밖의 길로

길이 혼자 끝도 없이 걷는다

— 「불면증」전문

"불면증" 속에서 밤새 혼자 자가 증식하는 "길"이란
다양한 시적 상상의 행로로 해석된다. 상상의 원심력은
지속적으로 또 다른 "길"을 재생산하며 왕성한 자기 분열
을 전개해 나간다. "한참 걷다 보면 옆구리에서 자꾸 찢
겨나가" "길이 또 길을 신고 혼자 걷는" 양상을 띤다. 그
리하여 "길이 길을 이고 걷"고 "길 위의 길로 또 길이 혼
자 걷는다". "길"은 "하늘"을 가로지르기도 하고 "하늘
밖"으로 월경하기도 한다. 이들 "길"은 중력의 지배로부
터도 자유롭다. "길"의 불꽃처럼 확산하는 공중 분열과
자생력이 김지향의 시 창작 방법론이고 주제론적 양식이
다.

실제로 그의 이러한 시적 상상은 다채롭고 다양한 소
재로 거침없이 전개된다. 첨단 과학 문명에서부터 원시
적 자연물까지 포괄하고 있다.

하늘에 지우개가 지나간다

먼지가 닦인다

지우개가 지나간다 하늘에

거울이 절벽처럼 걸린다 거울 속엔

끈 달린 새빨간 홍시가 토닥토닥 불꽃놀이 한다

지우개가 지나간다 불꽃 속에

자전거를 탄 아이 하나 손가락만한 핸드폰으로

반짝 스치는 총알처럼 불꽃을 쏜다

하늘 가득 마띠스의 물감통이 엎질러진다

아이의 휴대폰엔 지우개만 찍혀있다

— 「유비쿼터스 · 1 - 자동 지우개」 전문

　오늘날 첨단 과학문명 만큼 전위적인 행위예술도 드문
것이 사실이다. 현란한 영상 매체, 디지털 전자 제품, 거
대한 높이의 건축술 등은 그 자체로 상상을 초월하는 행
위 예술이다. 기술이 예술로 몸바꿈을 하는 지점들이 연
일 갱신된다. 특히 "유비쿼터스" 기술 문명은 인류의 오
랜 공상의 현실화를 실현해 보이는 살아있는 마술사이
다. 그래서 김지향은 "유비쿼터스" 기술 문명을 시적 상
상의 매제로 활용하여 "하늘과 땅을 베"(「아이들과 디카
폰」)끼는 행위를 묘사하고 있다. 시적 상상이 첨단 과학
문명의 이미져리와 어우러지고 있는 매우 특징적인 양상

이다. 첨단 문명을 통해 "우주여행"의 모험적 쾌감을 효율적으로 구가하고 있는 것이다.

　물론 앞에서 지적한 바대로, 그의 첨단 과학 문명 기술에 대한 시적 관심은 사물에 대한 우주론적 무한의 사유와 묘사를 위한 방법론적 추구이다. 이러한 그의 시적 상상의 활주는 주변 일상의 자연물에서 더욱 흥미롭게 펼쳐진다.

　　　　구름이 기둥을 이루고 있다
　　　　언덕 위 해묵은 삼나무
　　　　하늘에게 긴 팔을 치켜 흔들고 있다
　　　　발등이 다 드러난 나무를 품 넓은 땅이
　　　　깊이 품어 안고 버티는 중이다
　　　　땅으로 내려오려는 가지는 한 꼬챙이도 없다

　　　　햇살이 머리 아래　땅을 덮어도
　　　　바람이 머리를 끌어 잡아내려도
　　　　꼿꼿이 위로만 쳐드는 머리
　　　　두 팔을 벌린 채 구름기둥을 부둥켜안고 있다
　　　　방금 마악 하늘 살을 찢으며

구름기둥 속으로 치솟은 우주선 한 채
빙글빙글 우주와 도킹 하다가
치켜든 송곳 같은 나뭇가지에
"내려가" 한 마디 말을 걸어놓고 간다
구름기둥엔 바람도 지나다 머리가 걸리지만

사람들은 말한다
"저것 봐 나무가 붙잡고 있는 구름기둥이 떨리고 있네
하늘도 나뭇가지에게 흔들리나 봐"

— 「나뭇가지·1 - 하늘을 흔드는」 전문

"언덕 위 해묵은 삼나무"가 하늘과 땅을 관통하는 거
대한 우주목으로 묘사되고 있다. 나무가 중력으로부터
구속 받지 않는 자유를 싱그럽게 구가하고 있다. 천상을
지향하는 나무의 생리에 주목하여 "바람이 머리를 끌어
잡아내려도" "두 팔을 벌린 채 구름 기둥을 부둥켜 안고"
있다고 전언하고 있다. 그래서 시적 화자의 원근법에서
는 "하늘도 나뭇가지에 흔들리"는 모습으로 비친다. 나
무를 통해 땅과 하늘 그리고 하늘 밖에서 다가온 "우주
선"이 조우하고 있다. 그의 지구의 경계를 넘나드는 수직
적 상상이 "우주선"과의 조우를 자연스럽게 끌어오는 대

목이다. 이와 같이 우주와 하늘이 시상의 중심 배경으로
등장하는 시적 구도의 특징은 다음과 같은 시편을 통해서
도 확인된다.

간밤 내
깔깔, 봉오리 웃는 소리만 났다

아침에
하늘이 한 뼘도 남지 않았다

봄 내
하늘은 가득 찬 꽃잎으로 몸살을 앓는다

해는 어디에 있는지
진종일 빨간 명주실만 내려 보낸다

— 「몸살 앓는 하늘」 전문

봄 하늘의 풍경을 동화적 상상력으로 묘사하고 있다.
그래서 "아침에/하늘이 한 뼘도 남지 않았다"고 말한다.
하늘은 "가득 찬 꽃잎으로 몸살을 앓고" 있기 때문이다.
지상이 꽃으로 술렁이는 것은 하늘의 "해"가 "진종일 빨

간 명주실만 내려"보내었기 때문으로 파악된다. 하늘과
땅의 전일적인 연속성이 표나게 두드러지고 있다. 「다시
열린 봄날에」, 「유민의 봄나들이」, 「봄 명주실 웃음」등은
이와 같은 천진한 동화적 상상력을 통한 우주공동체적 인
식이 바탕을 이룬다. 동화적 상상력은 그가 추구하는 미
분성의 세계관을 구현하기에 용이하다.

여기에 이르면, 김지향 시인의 시적 구도의 시점의 독
창성이 지상이 아니라 천상에 있음을 알게 된다. 그래서
그의 시적 묘사는 부감법의 원리가 지배한다. 그의 이번
시집을 두서없이 펼쳐서 손 닿는 대로 옮겨 적어도 이러
한 특성을 쉽게 확인할 수 있다.

　　①풀밭 속에서 풀밭을 본다
　　　덜 푸른 풀밭이 짙푸른 풀밭을 이고
　　　그네를 타고 논다

　　　멀리 바다 건너 마을을 감싸고 있는
　　　가로등도 풀물이 들어 파랗게 살아난다
　　　이 아침을 가로지르는 녹두새 몇 마리
　　　하늘에 닿지 못한 낙오공기를 흔들어 깨운다
　　　　　　　　　─「바람은 풀 등에 업혀 잔다」 일부

②아직 바람은 나무를 베고 잔다

　동쪽 하늘에 붉은 망사 천을 깔던 해가 숲을 깨운다

　숲은 밤새 바람에게 내준 무릎을 슬그머니 빼낸다

　베개 빠진 바람머리 나뭇가지에 머리채 들려나온다

　잠 깬 산새 몇 마리 이 가지에서 저 가지로

　그네를 뛰는 사이 숲들이 바람뭉치를 머리 위에 올려
놓고

　북채가 된 가지로 산새의 노래를 바람 배에 쏟아 부
으며

　탬버린이 된 바람 배를 치느라 부산떤다

—「그해 여름 숲 속에서」 일부

　③입을 연 스크랩북을 걸어 들어간다

　칡넝쿨 줄기가 질서 있게 엉클린 세상

　깨알 같은 나라 이름에다 발을 담아본다

　신기지 않는 길이 살아서 사방으로 뛰어 간다

—「오래된 영화관에서」 일부

　시 ①에서는 춤추는 "풀밭"의 풍경이 천상의 세계에서
조망되고 있다. 그래서 "멀리 바다 건너 마을을 감싸고 있는/가로등도 풀물이 들어 파랗게 살아"나는 모습까지 시의 켄버스 위에 담겨진다. 특히 시적 화자는 "하늘에 닿지 못한" 공기에 대해 "낙오공기"라고 일컫고 있다. 이 것은 시적 화자의 시선과 더불어 가치 척도 역시 지상이 아니라 천상의 세계임을 보여 준다.

시 ② 역시 "숲 속"의 풍경이 천상의 원거리에서 조망되고 있다. "동쪽 하늘"의 "해가 숲"을 깨우는 풍경에 대한 묘사는 시적 화자의 시선이 "동쪽 하늘"보다 더 높은 지점에 위치하고 있기에 가능하기 때문이다.

시 ③은 ②보다 훨씬 먼 지구 밖에서 세상을 조망하고 있다. 그래서 지상의 국경들이 "칡넝쿨 줄기가 질서 있게 엉클린"모양으로 비춰진다. 지상의 나라들 역시 "깨알 같은" 것으로 묘사된다. 지구의 경계 밖에 놓인 우주 정거장에서 바라보는 지구의 풍경이다. 김지향의 시편이 전반적으로 경쾌하고 활달하고 가벼운 까닭이 이처럼 지상의 중력과 원근법으로부터 비교적 자유롭기 때문이다.

그렇다면, 김지향이 시적 구도의 시점을 천상에 두고 부감법의 원리에 따라 시적 묘사를 구사하는 방법론의 궁극적인 의도는 무엇일까? 그것은 그가 묘사하는 다채로운 삶의 세계가 한결 같이 하늘의 운행원리에 따라 펼쳐지고 있음을 일깨우는 데 있는 것으로 파악된다.

오늘은 어떤 안부가 날아올까
하늘의 신호음을 기다리는 사람들
저마다 반짝이는 눈으로 귀를 열고
하늘의 지시를 귀로 받아 적느라 부산떤다
가슴을 열고 오지랖 귀퉁이에 끼적여 넣는
부스러기 말들은 오랜 소망의 낙수는 아닐는지
오래 전에 하늘로 띄운 꿈의 답신은 아닐는지
　　　　　　　　　－「바람은 풀 등에 업혀 잔나」 일부

하늘이 빨갛게 불이 났는데 다시 또 내리기 시작한 소
나기는

하늘 불을 끄지도 못한다 하늘은 눈 하나로 세상 전체
를 밝혀 본다

나는 내 귀에도 들리지 않는 소리로 이제 그만! 하고
거푸 소리 질러본다

내 소리는 말이 되지 않는다 말이 되지 않는 말이 몇
만 리를 걸어야

하늘마음에 닿을까 (태초의 적요 속에서 처음 태동한
하늘마음)

그 마음을 하늘은 끝도 없이 땅으로 보냈지만 하늘의
마음을 알지 못한

사람들이 다급하게 오늘에서야 하늘에 말을 걸어본다
대답 없는 하늘에서 내려온 불자동차 소리
하늘 말을 듣지도 못하는 사람들은
소리가 인화된 창문에 엎어져 눈을 감싸고
한밤 내 부들부들 떨기만 한다
　　　　　　　　　　　─「하늘에 말 걸기」 일부

　　김지향의 시 세계에 "하늘"이 많은 비중을 차지한다고
해서 하늘에 대한 경외감이 결코 미약한 것은 아니다. 그
가 천상의 이미저리를 시적 켄버스에 크게 할애한 것은
지상의 모든 존재원리가 "하늘의 신호음"에 따라 지배된
다는 것을 강조하기 위한 방법으로 해석된다. 마치 오케
스트라의 지휘자의 지휘에 따라 다양한 음율의 조화로운
연주가 이루어지듯 "하늘의 지시를"받아 지상의 바람과
풀의 생명의 활성이 전개된다는 것이다. 이것은 또한 하
늘의 "몸 전체가 무색이 되"었을 때 "몇 개비 바람이, 몇
줄기 비가,/절뚝절뚝 건너가다 움직임이 없는/하늘배꼽
에 입술을 찧으며 쓰러"지고, 하늘이 "흘려버린 빛을 찾
아 입"을 때 "세상의 혈관이 다시 돌아"(「묵상을 끝낸 하
늘」)가는 것과 같은 이치이다. 그래서 인류는 끊임없이
"하늘마음에 닿"기 위해 간절히 노력해 온 것이리라. 하

늘은 자신의 "마음"을 "끝도 없이 땅으로 보냈지만" 그러나 사람들은 이를 제대로 이해하지 못해서 세상의 안정된 질서를 온전히 지켜내지 못했다는 것이다. 이렇게 보면, 김지향의 시적 구도의 천상의 시점과 부감법의 창작방법론을 통한 디지털 문명 소재로부터 원시자연물을 대상으로 한 다채로운 상상의 활주는 궁극적으로 지상의 존재원리를 관장하는 하늘의 운행원리에 대한 경이와 순응의 철학을 강조하고 있는 것으로 정리된다. 지상의 존재자들을 천상의 시점에서 조망함으로써 그 존재원리의 우주적 심연을 재발견하는 방법론이다. 우리 시사에서 지상의 원근법과 변별되는 부감법의 시학의 한 가능성을 보여주고 있다.